AF346436

7 MARS 1884   73

V

VENTE

Du Vendredi 7 Mars 1884

HOTEL DROUOT, SALLE Nº 3

PORCELAINES DE SÈVRES

de Saxe, Chantilly, Mennecy, etc.

FAIENCES

BIJOUX ET ARGENTERIE

BRONZES ET MEUBLES

EXPOSITION PUBLIQUE

Le Jeudi 6 Mars 1884, de une heure à cinq heures.

COMMISSAIRE-PRISEUR	EXPERT
Mᵉ Félix ALBINET	**M. E. FALKENBERG**
84, rue de Maubeuge.	6, rue Lafayette.

HOMO
ADDITVS
NATVRÆ
IMPRIMERIE DE L'ART

CONDITIONS DE LA VENTE

La vente aura lieu expressément au comptant.

Les acquéreurs payeront en sus des enchères *cinq pour cent* applicables aux frais.

L'exposition mettant le public à même de se rendre compte de l'état des objets, il ne sera admis aucune réclamation une fois l'adjudication prononcée.

Paris. — Imp. de l'Art, J. Rouam, 41, rue de la Victoire.

DÉSIGNATION DES OBJETS

PORCELAINE DE SÈVRES

1 — Cabaret en ancienne porcelaine de Sèvres, pâte tendre, décors de fleurs sur fond blanc. Il se compose d'un plateau oblong à contours, d'une théière, d'un sucrier, d'un pot à crème, d'une tasse avec sa soucoupe.

2 — Petit cabaret en ancienne porcelaine de Sèvres, pâte tendre, à décors de fleurs sur fond blanc rehaussé d'or. Il se compose d'un plateau en losange, d'une tasse et soucoupe, théière, pot à crème et sucrier.

3 — Pot en ancienne porcelaine de Sèvres, pâte tendre, fond bleu de roi, ornements dorés, médaillon de fleurs.

4 — Pot en ancienne porcelaine de Sèvres, pâte tendre, à fleurs et ornements sur fond blanc.

5 — Assiette en ancienne porcelaine de Sèvres, pâte tendre, forme contournée, décorée de roses et guirlandes de fleurs ; au milieu le chiffre D. B.

6 — Coupe en forme de coquille, en ancienne porcelaine de Sèvres, pâte tendre, fond bleu turquoise, ornée d'oiseaux et de fleurs.

7 — Plateau en ancienne porcelaine de Sèvres, pâte tendre à contours, fond bleu turquoise.

8 — Six tasses droites avec soucoupes, en ancienne porcelaine de Sèvres, pâte tendre, à fond bleu de Vincennes rehaussé d'or.

9 — Petite tasse droite avec soucoupe en ancienne porcelaine de Sèvres, pâte tendre, à décors de fleurs et festons bleus rehaussés d'or.

10 — Deux salières en ancienne porcelaine de Sèvres, pâte tendre, bouquet de fleurs et filets bleus rehaussés d'or.

11 — Six tasses avec leurs soucoupes en ancienne porcelaine de Sèvres, pâte tendre, décors de fleurs.

12 — Dix-neuf assiettes en ancienne porcelaine de Sèvres, pâte tendre, décorées de guirlandes de bleuets avec une rose au centre.

13 — Vingt assiettes contournées, en ancienne porcelaine de Sèvres, pâte tendre, décors de fleurs et festons bleus.

14 — Tasse droite avec soucoupe, en ancienne porcelaine de Sèvres, pâte tendre, décors en spirales sur fond d'or.

15 — Deux beurriers en ancienne porcelaine de Sèvres, pâte tendre, décors de fleurs sur fond blanc.

16 — Verrière en ancienne porcelaine de Sèvres, pâte tendre, décors de fleurs.

17 — Écuelle et plateau en ancienne porcelaine de Sèvres, pâte tendre, décors de fleurs.

18 — Sucrier en ancienne porcelaine de Sèvres, pâte tendre, décors de fleurs sur fond blanc.

19 — Pot à anse en ancienne porcelaine de Sèvres
Époque de l'Empire.

20 — Deux petits pots avec couvercle, en ancienne
porcelaine de Sèvres, pâte tendre.

PORCELAINES DIVERSES ET FAIENCES

21 — Huilier en ancienne porcelaine de Mennecy,
Le plateau est décoré de bouquets de fleurs
et les godets formés de rubans quadrillés.

22 — Cinq pots de toilette en ancienne porcelaine
de Saint-Cloud.

23 — Brûle-parfums en porcelaine ancienne, pâte
tendre, à décors de fleurs en relief, monture
en bronze doré.

24 — Bougeoir en ancienne porcelaine de Saxe,
monture en bronze doré.

25 — Sucrier avec couvercle et plateau en ancienne
porcelaine de Chine, avec garniture en
argent doré. Époque Louis XIV.

26 — Jolie boîte en ancienne porcelaine de Chantilly, décorée de médaillons à personnages,
monture en argent.

27 — Boîte à mouches en ancienne porcelaine de
Chantilly, décors chinois, monture argent.

28 — Boîte en ancienne porcelaine de Chine, monture en bronze doré.

29 — Groupe en ancienne porcelaine de Saxe.

30 — Deux grands vases avec couvercles en porcelaine de Tournay, pâte tendre. Époque de
l'Empire.

31 — Jardinière en bronze doré, avec fleurs en porcelaine de Saxe.

32 — Deux vases en céladon truité, monture en
bronze doré. Époque de l'Empire.

33 — Deux brûle-parfums en faïence décorée à
froid.

34 — Grand vase en terre laquée, décors chinois.

35 — Deux confituriers en Barbot.

36 — Moutardier en Barbot.

37 — Deux compotiers en Barbot.

38 — Jardinière en porcelaine de l'Inde.

39 — Trois tasses avec leurs soucoupes, en porcelaine de Mennecy.

40 — Trois tasses et six soucoupes en porcelaine décorée.

41 — Sucrier en porcelaine sur pied en bronze doré. Époque de l'Empire.

42 — Assiette en ancienne porcelaine de Chantilly, décors de fleurs.

43 — Coupe oblongue en porcelaine de Mennecy, décorée de fleurs.

44 — Pot en porcelaine de Chantilly décorée de fleurs.

45 — Flacon en ancienne porcelaine de Saxe décorée de bouquets de fleurs. Époque Louis XV.

46 — Boîte à deux compartiments en ancien émail de Saxe, ornements en or sur fond blanc.

47 — Théière et pot à crème en ancienne porcelaine de Saxe, décors chinois.

48 — Deux petits vases en biscuit de Sèvres.

49 — Cinq assiettes en ancienne porcelaine de Saxe, décors de fleurs.

5o — Écuelle et plateau en ancienne porcelaine de Vienne, décors de fleurs et festons mosaïque.

51 — Jardinière suspension, en ancienne faïence de Strasbourg.

52 — Deux pots à pommade en ancienne porcelaine de Mennecy, décors bleus sur blanc.

53 — Deux théières et trois petites tasses en ancienne porcelaine de Chine.

54 — Carreau en faïence de Perse.

ARGENTERIE

55 — Pot à crème avec couvercle en argent. Époque
Louis XVI.

56 — Deux salières en argent. Style Louis XVI.

57 — Très bel huilier en argent, forme bateau, à
contours avec ornements rapportés. Époque
Louis XV.

58 — Grande soupière en argent.

59 — Deux plats en argent, à oves et contours.
Époque Louis XV.

60 — Pince à asperges en argent.

61 — Deux peignes espagnols en argent doré.

62 — Sonnette argent.

63 — Huit réchauds et deux cloches en métal
argenté.

64 — Deux candélabres à trois lumières en bronze
argenté.

BIJOUX & OBJETS DIVERS

65 — Lots de brillants, roses et perles sur papier.

65 *bis* — Croix enrichie de brillants.

66 — Bague, perles fines et deux brillants.

67 — Bague jonc en or ornée d'une turquoise.

68 — Bracelet à charnières composé de trente-trois chatons en brillants.

69 — Bague, cœur en rubis entouré de roses.

70 — Trois bagues, brillants solitaires.

71 — Broche, camée coquille, monture or.

72 — Médaillon en or, orné d'une intaille sur nicolo rose.

73 — Boutons de manchettes en corail, monture or.

74 — Épingle de cravate en or.

75 — Deux clefs en or.

76 — Montre or ciselée. Époque Louis XVI.

77 — Montre or, fond émaillé vert entouré de demi-perles. Époque Louis XVI.

78 — Montre de col en or.

79 — Montre avec boîtier en cuir clouté d'or, cadran ciselé. Époque Louis XIV.

80 — Montre avec boîtier en cuivre, cadran ciselé. Époque Louis XIV.

81 — Montre en or ciselé, le boîtier est orné d'une tête de femme, peinture sur émail. Époque Louis XVI.

82 — Trois châtelaines en bronze doré. Époques Louis XV et Louis XVI.

83 — Tabatière à deux tabacs, forme baril, en nacre galonné d'argent.

84 — Deux nécessaires en bronze doré. Époque Louis XVI.

85 — Étui en écaille brune, monture argent.

86 — Trousse en galuchat à deux compartiments ;
l'un renferme des flacons à odeurs ; l'autre
un encrier et accessoires en argent doré.
Époque Louis XVI.

87 — Flacon en émail de Saxe, monture argent,
enrichi de pierreries.

88 — Flacon sur piédouche en cristal de roche
gravé, monture en argent doré et émaillé.

89 — Belle tabatière en argent ciselé, ornée de
médaillons à attributs et à fleurs rehaussées
d'or. Époque Louis XVI.

90 — Tabatière en bronze doré.

91 — Châtelaines et boucles d'oreilles en marcas-
sites.

92 — Cinq miniatures.

93 — Huit éventails. Époques Louis XV et
Louis XVI.

94 — Deux couteaux argent et acier, manches en ivoire dans leur gaine en galuchat.

95 — Flacon Louis XIV en bronze argenté.

96 — Cadre en cuivre repoussé. Époque Louis XIV.

97 — Bénitier en bois doré orné d'un émail de Limoges.

98 — Bouteille en forme d'oiseau, en verre de Venise, monture en bronze.

99 — Deux flambeaux en marbre, monture en bronze.

100 — Deux couteaux, lames en argent et en acier, manches en vermeil dans leur gaine en galuchat. Époque Louis XVI.

101 — Couteau, lame en acier, manche en vermeil. Époque Louis XIV.

102 — Dix-huit couteaux divers.

103 — Poignard, monture en argent.

104 — Quatre gouaches encadrées.

105 — Trois éventails, monture nacre.

106 — Cadre en bois sculpté et doré.

107 — Cadre en filigrane d'argent surmonté d'une
couronne.

108 — Bracelet serpent en or.

109 — Bracelet or repercé, chaton perles et brillants.

110 — Deux cadres en bois doré.

111 — Bonbonnière vernis Martin, avec galons en
cuivre doré.

112 — Deux meubles crédences en chêne sculpté.

113 — Meuble de forme gothique en chêne sculpté.

114 — Petite vitrine en bois noir.

115 — Coffret en bois doré orné de médaillons.
Époque Louis XV.

116 — Quatre miroirs-appliques avec encadrements
en bois sculpté et doré avec lumières en
bronze. Époque Louis XIV.

117 — Pendules à colonnes en marbre blanc et
bronze doré. Époque de l'Empire.

118 — Chronomètres de marine, de Robert, à Paris

119 — Appareil de photographie, objectif simple à
paysage, de Derogy.

120 — Deux fusils de chasse, de Lainé.

121 — Statuette en bronze sur socle en marbre.

122 — Statuette en bronze du xvie siècle.

123 — Sous ce numéro seront vendus les objets non
catalogués.

124 — Lot de livres.

www.ingramcontent.com/pod-product-compliance
Lightning Source LLC
LaVergne TN
LVHW011504170726
843501LV00009B/3605